おすしでげんき！

つちだよしはる・作絵

はるの　ある　ひ、たがやされた　やまの
たんぼに、みずが　いれられました。
わかばの　やまや　あおぞらが、みずに
うつって、きらきら　かがやいています。
きょうは、あさから　みんなで　たうえです。
むらの　たんぼは、みんなで　たすけあって
たうえを　します。

きつねくんは、 ともだちの なっちゃんと、
うさぎちゃんは、 おかあさんと いっしょ。
たぬきくんは、 おとうさん おかあさんと、
おじいちゃんも きて、 たうえを しています。
でも、 くまくんは、 ひとり……。
「あれ、 くまくんちは、 だれも こないの？」
と、 きつねくんが ききました。

「うん。おかあさんは、いもうとたちが
きゅうに ねつが でたので、まちの
びょういんに つれていってるし、
おとうさんは、『みんなの ごちそうを
とってくる。』と いって、あさ はやく、
うみへ つりに いっちゃったんだ。」
と、くまくんが さびしそうに いいました。
「そうかあ、しょうがないねえ。」
と、きつねくんが いいました。

「でも、おとうさん、きっと　なんにも
つれないと　おもうよ……。　ははは。」
と、くまくんが　わらいました。

しばらくすると、したの　たんぼみちから、
ガタガタ《がたがた》と　トラック《とらっく》が　おとを　たて、
スピード《すぴいど》を　あげて、はしってくるのが
みえました。
「あっ！　おとうさんの　トラック《とらっく》だ。」
と、くまくんが　さけびました。
トラック《とらっく》は、みんなの　いる　たんぼの
そばで、ぴたりと　とまりました。

おとうさんが、うんてんせきから　でてくると、

「おーい、これで、ごはんを　たべよう！」

と　いって、にだいの　はこの　こおりを
ガラガラと《がらがら》　よけると、なかから　さかなを
もちあげました。

たうえを　していた　みんなは、びっくり！

とっても　おおきな　さかなです。

「わあー、すごーい！」

と、きつねくんが　さけびました。

「おおきいねえ。」

と、たぬきくん。

「でも、りょうりするの　たいへんねえ。」

と、うさぎちゃん。

「おとうさん、きょう、おかあさん　いないよ。」

と、くまくんが　いうと、

「あ！　そうだった……。」

と、おとうさんは　しょんぼりしました。

くまくんも、「あーあー。」と、がっかりです。

そのとき、きつねくんが、

「そうだ、ぼくの　おばあちゃんに　たのんで　みよう。きっと　おいしい　おりょうりに　してくれるよ。ねっ、なっちゃん。」

と　いうと、なっちゃんも、

「うん。いい　かんがえね。」

と、にっこり　うなずきました。

「じゃあ、いそいで　おばあちゃんちに、この　おさかなを　もっていこう。」

きつねくんと　なっちゃんと　くまくんの
おとうさんは、おばあちゃんの　いえに
むかいました。
いえに　つくと、きつねくんは、
「おばあちゃーん、いる？　おねがいが
あるんだけど……。」
と、おおごえで　いいながら、いえの　なかに
はいっていきました。

「どうしたんだい？　きょうは、みんなで
たうえじゃ　なかったの？」
と、おばあちゃんが　おくから　でてきました。
「そうだけど……。おばあちゃん　おねがい。
くまくんの　おとうさんが、おさかなを
つってきたんだ。この　おさかなで、
たうえを　している　みんなに、おいしい
おひるごはんを　つくって　ほしいんだ。」
と、きつねくんが　たのみました。

「おねがいします。おばあちゃん。」
おとうさんが、おおきな　さかなを　みせると、
「まあまあ、これは　また　おおきいこと。」
と、おばあちゃんは　びっくり。

「はいはい、おいしい　ごちそうを　つくりましょうか。みなさんも　てつだってのう。」

「ほんと！　ありがとう　おばあちゃん。」

「どうぞ　よろしく。」

と、くまくんの　おとうさんが　いいました。

さっそく　おとうさんは、だいどころに
さかなを　もっていくと、きれいな　みずで
あらい、まないたの　うえに　おきました。
おばあちゃんは、さかなを　ほうちょうで
てぎわよく　きりわけ、それを　うすく
きれいに　きって、おさしみを　つくりました。
おさしみの　おさらが、いくつも　ならび
ました。
「わあー、いっぱいだ。たべきれるかなあ……。」

きつねくんは　うれしそうです。

「さて、おいしい　ごはんを　たこうかのう。」
と、おばあちゃんが　いうと、おおきな
おかまを　だしてきて、おこめを　いれました。
すると、くまくんの　おとうさんが、
「じゃあ、ちからしごとは、わたしが　します。」
と　いって、てばやく　おかまに　みずを
いれると、シャッシャッシャッ《しゃっしゃっしゃっ》と、おこめを
やさしく　とぎはじめます。
「おとうさん、とぐの　じょうずだねえ。」

と、きつねくんが　ほめると、うれしそうです。

おとうさんは、ひとりで　おおきな　おかまを
ひょいと　もって、かまどに　のせて、ひを
つけました。

「はじめは　ちょろちょろ、なか　パッパッ《ぱっぱっ》。
ふたは、ぜったい　あけちゃ　だめ、だね。」
と、きつねくんが　いいました。
そして、かまどの　そばで、ひを　じっと
みつめていました。

おばあちゃんは、ごはんが　たかれるあいだ、おさしみを　サクサク《さくさく》っと　いろんな　かたちにきりました。

そのあと、きゅうりや　れんこんなどのつけものを　きったり、えびを　ゆでたり、かんぴょうを　にたりして、いろんな　ぐをつくりました。

いりたまごも　つくりました。

ごはんが　おいしく　たきあがり、よく
むらしたあと、おとうさんは、おかまから、
おおきな　すしおけに　ごはんを　うつしました。
もくもくと、しろい　ゆげが　たちあがります。
おばあちゃんは、こんぶを　ひたしておいた
とくせいの　すを　ごはんの　うえに、ふりかけ
ます。そして、しゃもじで　ごはんを　ほぐし、
サッサッ《さっさっ》と　きるようにして、すと　ごはんを
なじませます。

きつねくんと　なっちゃんは、うちわで
パタパタ《ぱたぱた》　あおぎ、あたたかい　ごはんを
さます　てつだいを　しました。

「わあー、おすしの　においだあ。」

きつねくんが　いうと、なっちゃんも、

「うん、おいしそうな　すしごはんね。」

と、うなずきました。

「さいしょは、まきずしを　つくろうかのう。」

と、おばあちゃんが　いいました。

まきずしを　つくる　じゅんびが　できました。

←みょうが
↓いりたまご
きゅうり↓
にんじんと
アスパラガス《あすぱらがす》→
→たくあんと
れんこんや
なすの
つけもの
まきす↓
↑やきのり

おばあちゃんは、まきすに　やきのりを　しき、あまい　いりたまごを　まぶした　すしごはんを　のせ、あかみの　ほそい　おさしみとかんぴょうを、のせました、
　そして、まきすを　ていねいに　まきました。
「おいしい　まきずしに　なあれ。ぎゅっぎゅっ。」
と、おばあちゃんは　えがおで　いいながら、まいていきました。

そして、ちょっと　ぬらした　ほうちょうで、
まきずしを　さっさっと　六《むっ》つに　きりました。
きりくちを　みた　なっちゃんは、
「わあ、かわいい。きつねくんの　かおだあ。
めが　おさしみ、はなは、かんぴょうね。」
と、びっくりして　いいました。

つぎに、おばあちゃんは、
「おいしい　まきずしに　なあれ。ぎゅっぎゅっ。」
と　いうと、おはなの　もようの　まきずしに
なりました。

かめの　もようの　まきずしも　できました。

「おばあちゃん、まほうつかいみたいだね。」

と、きつねくんは　おどろきました。

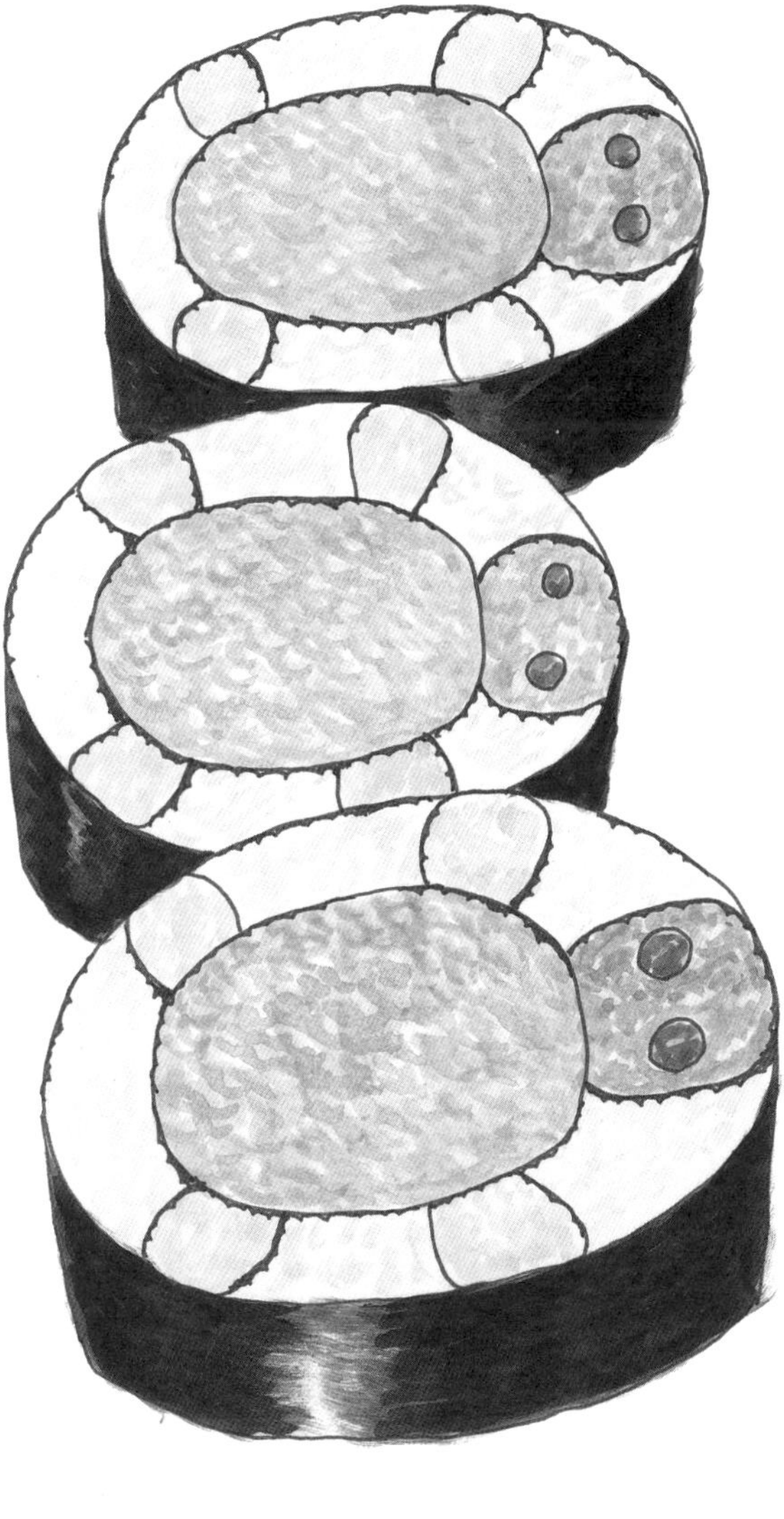

「ぼくも、おいしい　まきずし　つくるぞ。」

と、きつねくんも　つくりはじめます。

1 すしごはんに、あまい　いりたまごを
よく　まぶします。

（**いりたまご**　さとうと　しおを　いれた
たまごを、フライパン《ふらいぱん》で　ぽろぽろに
なるまで　いりつづけて　つくります。）

2 ほそく　きった　やきのりに、
1の　ごはんを　しいて、三《さん》かくの
ほそまきを　二《に》ほん　つくります。

←かんぴょう

3　まきすの　うえに、ちゅうくらいに
きった　やきのりに、ごはんを　しきます。
かんぴょうと、のりで　まいた　おさしみ
を　二《ふた》つ　のせて、三《さん》かくに　まきます。

4　もういちど　まきすに　おおきな
やきのりを　のせ、2の　ちいさい
三《さん》かくまき　二《ふた》つと、3の　ちゅうくらい
の　三《さん》かくまきを　のせ、まわりに
ごはんを　いれて、まいていきます。

5　そーっと　そーっと、
六《むっ》つに　きると、できあがり。

「あっ、うれしい。

わたしの　かおね。」

と、なっちゃんは
おおよろこび。

「わたしも　つくるわ。」

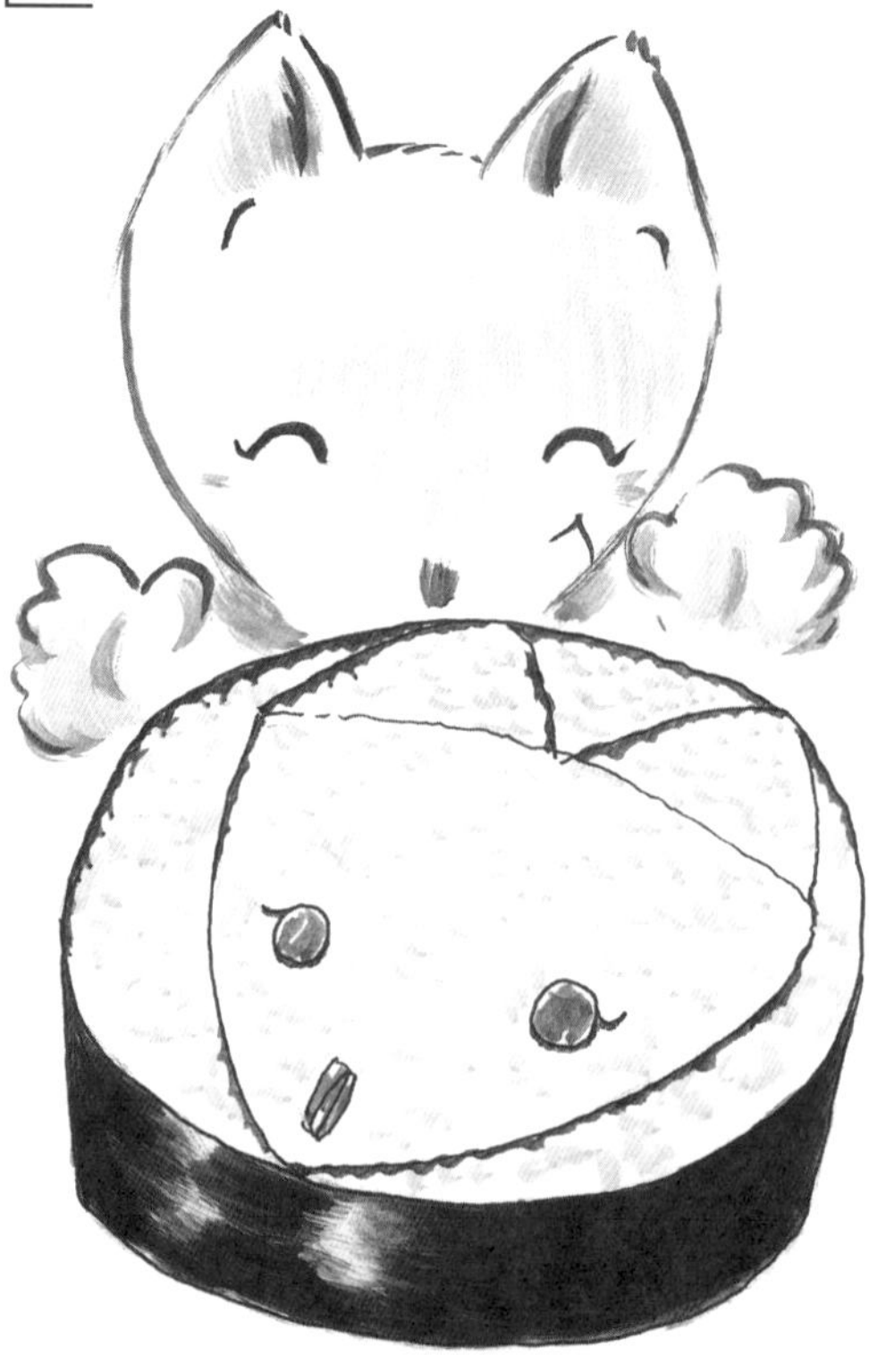

1　ほそく　きった　やきのりで、
ほそまきを　二《に》ほん　つくります。
一《ひと》つには、しょうゆで　いろづけして、
やきのりを　はさんで　まきます。
そして、ほそい　三《さん》かくまきも
つくります。

2　ちゅうくらいの　やきのりに
ごはんを　うすく　しいて、1の
しょうゆで　いろづけした
ほそまきを　なかに　いれて
まきます。

3　おおきな　やきのりに　ごはんを
しいて、1の　ほそまき、2の
ちゅうくらいの　ほそまき、1の
三《さん》かくまき、そして、ほそながい
おさしみを　おいて、まきます。
そーっと　六《むっ》つに　きると……。

「わあ、すごい　すごい。
たぬきくんだあ。」
きつねくんは
かんしんしました。

「おもしろそうだね。
わたしにも　つくらせて
くださいいな。」
と、おとうさんも
まねて　つくりました。
「なにが　できるか
おたのしみ。」
と、いいました。

「つぎは、にぎりずしが　いいかのう。」

と、おばあちゃんが　いいました。

1　りょうてを　すで
しめらせたら、すしごはんを
たべやすい　おおきさに
にぎります。

2　ひだりてで　おさしみを
とり、その　うえに、わさびを
つけて、1の　すしごはんを
のせます。

3　すしごはんの　かたちを
ととのえ、みぎてで、ゆびを
たてに　くぼみを　つけます。

4　おすしを　くるりと
かいてん　させて、かるく
わきを　しめれば、
にぎりずしの　できあがり。

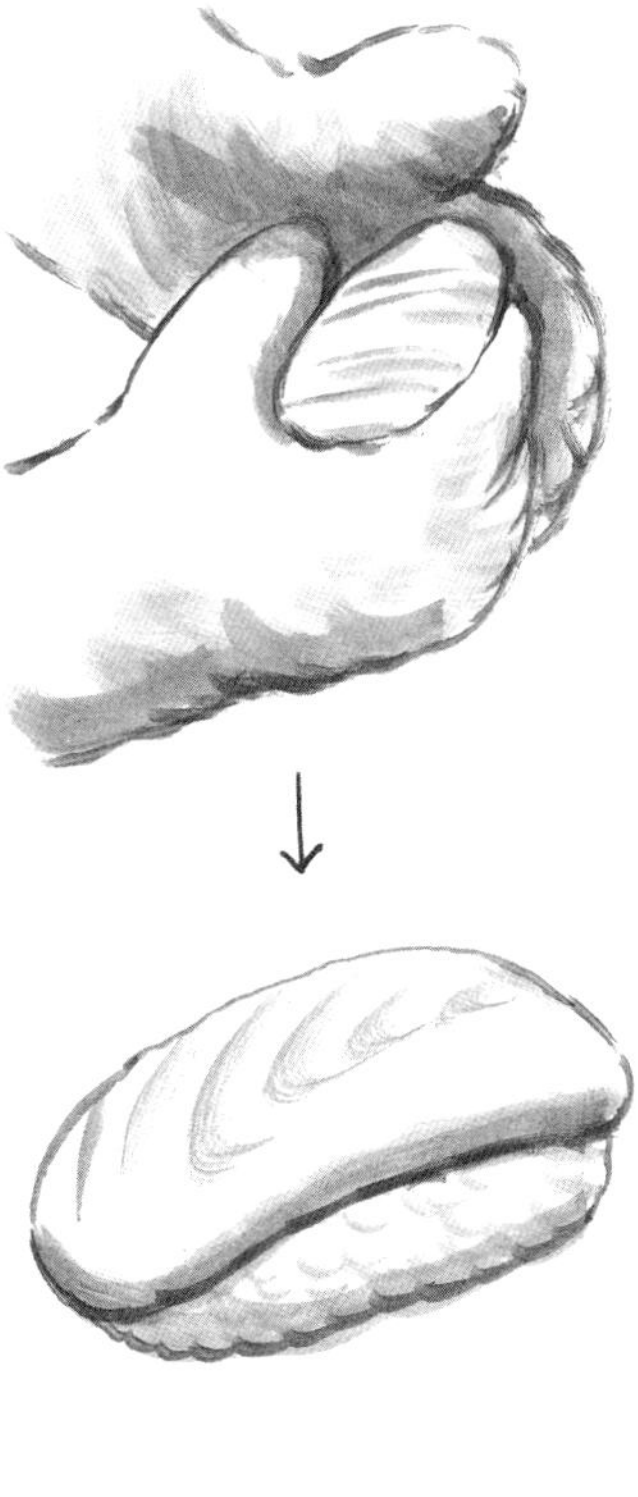

おばあちゃんは、おさしみや　つけものなどを　つかって、おおざら　いっぱいににぎりずしを　つくりました。

「じゃあ、つぎは、むかしから　つくられて
きた、はるの　おすしを　つくろうかのう。」
おばあちゃんは、おおきな　きを　くりぬいて
つくった　うつわを　だしてきました。
そして、れいぞうこから　えびを　だすと、
たけのこや　しいたけなどの　にものや、はる
の　さんさいや、さくらの　はななどを
よういしました。

↓れんこん
↓たけのこ
さんさい↓
えび→
きんしたまご→
さくらの　はな↑
きざみのり↑

おばあちゃんは、うつわに　すしごはんを
ていねいに　ひろげ、よういした　ぐを、
うたいながら、じゅんに　いれていきます。

♪しいたけ　パ《ぱ》ラ《ら》パ《ぱ》ラ《ら》、
かんぴょう　パ《ぱ》ラ《ら》パ《ぱ》ラ《ら》、
おさかな　パ《ぱ》ラ《ら》パ《ぱ》ラ《ら》、
にんじんや　えびもね。
れんこん　ぐるりと

おいて、はるの　わらび、
ふき、うどを　いれて、
きいろい　たまごが
ふわりと　のりました。
しあげに、たけのこ
おいたら、さくらの
はなが　さきました。
おいしい　はるの
ばらずしです。♪

おひるに　なると、たうえを　していた
みんなが、おばあちゃんちに　やってきました。
「おなかが　すいたあー。」
「げんき　でなーい。」
「はらぺこで　しにそうだー。」
みんな、くちぐちに　いいながら、てを
あらい、わいわい　いって、ざしきに
はいってきました。

テーブル《てえぶる》に　ならんだ　いろんな　おすしを
みて、びっくり。

「おいしそう。わあ、わたしの　かおの
まきずしだわ。」

と、うさぎちゃんは　おおよろこびです。

「わあーい。ぼくの　かおも　ある。うれしい。」

と、たぬきくんが　いいました。

「あれ？　ぼくのは　ないの？」

と、くまくんが、きつねくんに　ききました。

「はい、これ、おとうさんが　つくったんだよ。」
と、くまくんの　おとうさんが　にこにこして、
まきずしが　のった　おさらを　もってきました。
「あれ？　この　かお、あんまり　ぼくに
にてないよ？　はなが　おおきいねえ。」
と、くまくんが　いいましたが、
「でも、おおきくて、いっぱい　たべられる
から、うれしい！」
と、まんぞくそうでした。

みんな、じぶんの　おさらを　もって、
（つぎは、な・に・を　たべようかな？）
と、テーブル《てえぶる》の　まわりを、きょろきょろ
ぐるぐる　うれしそうに　まわって　います。
まよいながらも、じぶんの　おさらに
おすしを　いれて、つぎつぎと、たのしそうに
ぱくぱく　たべて　いました。

しばらくすると、げんかんから、
「こんにちは、おじゃまします。」
と、こえが　して、くまくんの　おかあさんと、
いもうとたちが　やってきました。
「ああ、よく　ここだって、わかったね。
ねつは　どうだ？」
と　いって、くまくんの　おとうさんは、
いもうとたちを　だきあげました。

「たんぼで、いのししの　おじさんから、
『みんな、きつねくんの　おばあちゃんちに
いってる。』って、きいて　きたのよ。
ねつは、だいじょうぶ。おくすりも　きいて
いるからねえ。」
と、おかあさんが　ほっとして　いいました。
「おかあさんも　どうぞ。おとうさんが
つくった　くまくんずしです。」
と、なっちゃんが　まきずしを　だしました。

「まあ、かわいい　まきずしね。」

と、おかあさんが　ひとくち　たべると、

「うんうん、あじは　とっても　いいですよ。」

と、うれしそうに　いいました。

いもうとたちも　たべたそうです。

「ふたりには、げんきに　なる　とくべつの
おすしを　つくって　あげようかのう。」

きつねくんの　おばあちゃんが、いいました。

おばあちゃんは、まきすに　うすやきたまごを　おくと、すしごはんを　すこし　しいて、あまく　にた　おさかなを　のせました。

「ころころ、やさしく　やさしく　まいて、げんきに　げんきに　なあれ。」

と　いって、げんきおすしを　つくって　くれました。

いもうとたちも、みんなと　いっしょに、にこにこ　うれしそうに　たべました。

くまくんは、きつねくんたち　ともだち
どうし、ぱくぱく　たべながら、
「おすしを　たべたら、げんきが　もりもり
でてきたよ。また、たうえを　しようね。」
と、はなしました。
くまくんの　おかあさんは、うさぎちゃんや
たぬきくんの　おかあさんたちと、たのしく
おすしの　はなしを　しながら、たべています。

くまくんの　おとうさんは、　たぬきくんの
おとうさんや、　おじいちゃんたちに、　つりの
じまんばなしを　しながら、　はるの
ばらずしを　たべています。
たのしい　”げんきおすしパーティー《ぱあてぃー》“でした。

◆この本の作者

つちだよしはる（土田義晴）

一九五七年、山形県鶴岡市に生まれる。日本大学芸術学部油絵科を卒業。

自作絵本に、『うたえほん』（グランまま社）『14の心をきいて』（ＰＨＰ研究所）『ふくの神どっさどっさぁり』（リーブル）『いちばんまちどおしい日』（ポプラ社）『おじいちゃんのカブづくり』（そうえん社）「ごちそう村だより」シリーズ（小峰書店）「あーあー森のはりねずみ一家」シリーズ（佼成出版社）など多数がある。

さし絵には『きいろいばけつ』『つりばしゆらゆら』『ぼくだけしってる』『たからものとんだ』『あのこにあえた』「おはなし８つ」シリーズ、「よみきかせぶっく」シリーズ、「なかよし」三部作、「おみやげ」三部作（以上あかね書房）など多数がある。故郷山形との交流を大切にして、心の原風景を描き続けている。東京都在住。

＊タイトル文字　シズク

●わくわく幼年どうわ・24

おすしで げんき!

二〇〇八年 四 月 初版発行
二〇一一年 七 月 第 四 刷

作 者 **つちだよしはる**
発行者 **岡本雅晴**
発行所 株式会社 あかね書房
東京都千代田区西神田 3-2-1
電話 営業部03-3263-0641
出版部03-3263-0644
〒101-0065
印刷所 株式会社 精興社
製本所 株式会社 ブックアート
NDC913/77P/22cm
ISBN978-4-251-04034-3

わくわく　たのしい　どうわだよ！

わくわく幼年どうわ

① どんぐり、あつまれ！
佐藤さとる・作／田中清代・絵

② へんないぬ　パンジー
末吉暁子・作／宮本忠夫・絵

③ ぼくは　ガリガリ
伊東美貴・作絵

④ ぶなぶなもりの くまばあば
高橋たまき・作／藤田ひおこ・絵

⑤ ごきげん こだぬきくん
渡辺有一・作絵

⑥ もりの　なかよし
つちだよしはる・作絵

⑦ すてきな　のはらの けっこんしき
堀　直子・作／100％ORANGE・絵

⑧ うさぎの　セーター
茂市久美子・作／新野めぐみ・絵

⑨ クッキーの　おうさま
竹下文子・作／いちかわなつこ・絵

⑩ いつも　なかよし
つちだよしはる・作絵

⑪ ぶなぶなもりで あまやどり
高橋たまき・作／藤田ひおこ・絵

⑫ のうさぎミミオ
舟崎克彦・作絵

⑬ みんな　みんな なかよし
つちだよしはる・作絵

⑭ クッキーの　おうさま そらをとぶ
竹下文子・作／いちかわなつこ・絵

⑮ ごきげんぶくろ
赤羽じゅんこ・作／岡本　順・絵

⑯ おかあさんに おみやげ
つちだよしはる・作絵

⑰ おみやげは きょうりゅう
つちだよしはる・作絵

⑱ クッキーの　おうさま えんそくにいく
竹下文子・作／いちかわなつこ・絵

⑲ おとうさんに おみやげ
つちだよしはる・作絵

⑳ わらいボール
赤羽じゅんこ・作／岡本　順・絵

㉑ チクチクの おばけりょこう
舟崎克彦・作絵

㉒ しあわせ おにぎり
つちだよしはる・作絵

㉓ おばけかぼちゃ
たちのけいこ・作絵

㉔ おすしで げんき！
つちだよしはる・作絵

★以下続刊